# 大宇宙はあなたの味方

文 聖心会シスター 鈴木 秀子
絵 棚橋 志帆

英智舎

幸福とは
「いいな」と感じる時間を長く持つことです。

# もくじ

幸福とは……3
この本のおすすめの読み方……6
好きなものに思いを巡らせてみましょう。……7
苦手だと思っていたことに挑戦してみると、……8
一歩越える……10
あなたの深い静謐の泉から……13
りりしい鳥……14
「うれしい、楽しい、有りがたい」……16
大きな愛情……19
波立つ海の底は静かで美しい……21
静けさ広がる深い海の底。……22
自分の世界は一つの教室のようなものです。……23
辛くてたまらない時は、何に向かってでもいい、……24
受けた親切や友情が……25
今この一瞬をいきいきと生きるとき、未来は輝く……28
いき……30
会う人ごとに祝福をおくってみましょう。……32
当たり前のことに感謝し始めると、……35
過去は知恵の宝庫です。……36
「すみません」……39
夕暮れに丘に上がった二艘の舟は、……41
つらいときは……43

ここで、ひとやすみ。…… 44
二人の旅人が海辺を歩いていました。…… 46
神さまに心をあげよう…… 49
知らないうちに…… 50
あなたにできる最大の貢献は…… 52
小さなことに感謝し続ける人は…… 54
生きるとは…… 57
調和の静けさ…… 58
私は孤独ではありません。…… 60
八木重吉が詩に託したように、…… 63
お互いが深い理解で結ばれるためには、…… 65
死ぬまで夢を持つことができます。…… 66
冬のベンチ…… 69
道ですれ違った…… 71
まわりが暗いときは、…… 72
大宇宙は、あなたの味方です。…… 74
目に見えるものを突き抜けて、…… 76
「ハレの日」には思いきっておしゃれをし…… 78
よろこび…… 80
居心地の良いことこそ、人の幸せです。…… 81
生きる達人…… 82
あなたは愛されています。…… 83
大宇宙は愛と感謝に満ちています。…… 84

# この本のおすすめの読み方

まず、本書を手に取ったら、絵だけをじっと見てください。

本を開く場所のおすすめは、静かな自分の部屋。もしくはコーヒーショップやファミリーレストランなど。一人で立ち寄って、ゆっくりと時間をかけて、あなたのこころが何を感じるのかをくみ取ってみてください。

本文を読む前に絵だけを先に見て、絵に合わせた文章を自分で書いてみるのもおすすめです。

好きなものに思いを巡らせてみましょう。
自分の中の深いところがその思いに共鳴する時
あなたは真に幸せの境地を生きているのです。

苦手だと思っていたことに挑戦してみると、
案外そこに秘められている
大きな力を発見します。
人生の楽しみが広がります。

## 一歩越える

海の向こうには
ここを越えさえすれば、
広い世界が待っている。
見慣れた世界を通り抜け、
大きな世界へ踏み出す。

常に扉が閉まっていると、
そう思い込んでいるかもしれないけれど、
よく見れば、どの扉でも、選んで通り抜けられる。

海の向こうは雑踏の世界だと、
そう思い込んでいるかもしれないけれど、
海を渡れば、どこへでも行ける。
広い世界がひらけている。

扉は常に開いている。

あなたの深い静謐の泉から
喜びが湧き出て周りに溢れていきます。

## りりしい鳥

細い枝をしっかりと握りしめる、
小さな鳥のりりしさ。
目標を見定め、飛び立とうとする小鳥の挑戦を、
花たちが包み込み応援している。
私たちも、草木に応援されている。
小さい何でもない今日の一日を過ごそうとしている日にも、
こちらが気がついていないだけで、

周りには静かに応援してくれる、
たくさんの人やものがある。

一羽の小鳥は、たくさんの応援者に囲まれている。
周りの人たちの静かな応援で、
息ができ、生かされている。
支え、支えられている。

「うれしい、楽しい、有りがたい」

という口癖こそ、生きる秘訣です。

そして、

「愛、感謝、お役立ち」も。

大きな愛情

鴨のお母さんはスイスイと、
まるで自分だけで歩いているような格好で歩く。
しかし、すべての注意は、子どもたちに注がれている。
全身で、子どもたちを守っている。

鴨の子どもはお母さんを信頼し切って、
離れまいとついていく。

親子が繋がっている。
ありったけの安心と安定で。

## 波立つ海の底は静かで美しい

波立つ海の深い深い底は静かだといわれます。
どんなにつらいことがあっても、
どんなに苦しいことがあっても、
不平不満で心を乱すよりは
心の深いところでものごとを静かに見つめ、
美しいものを美しいと見て、
幸せ感を保ち続けることこそ、 生きる極意です。

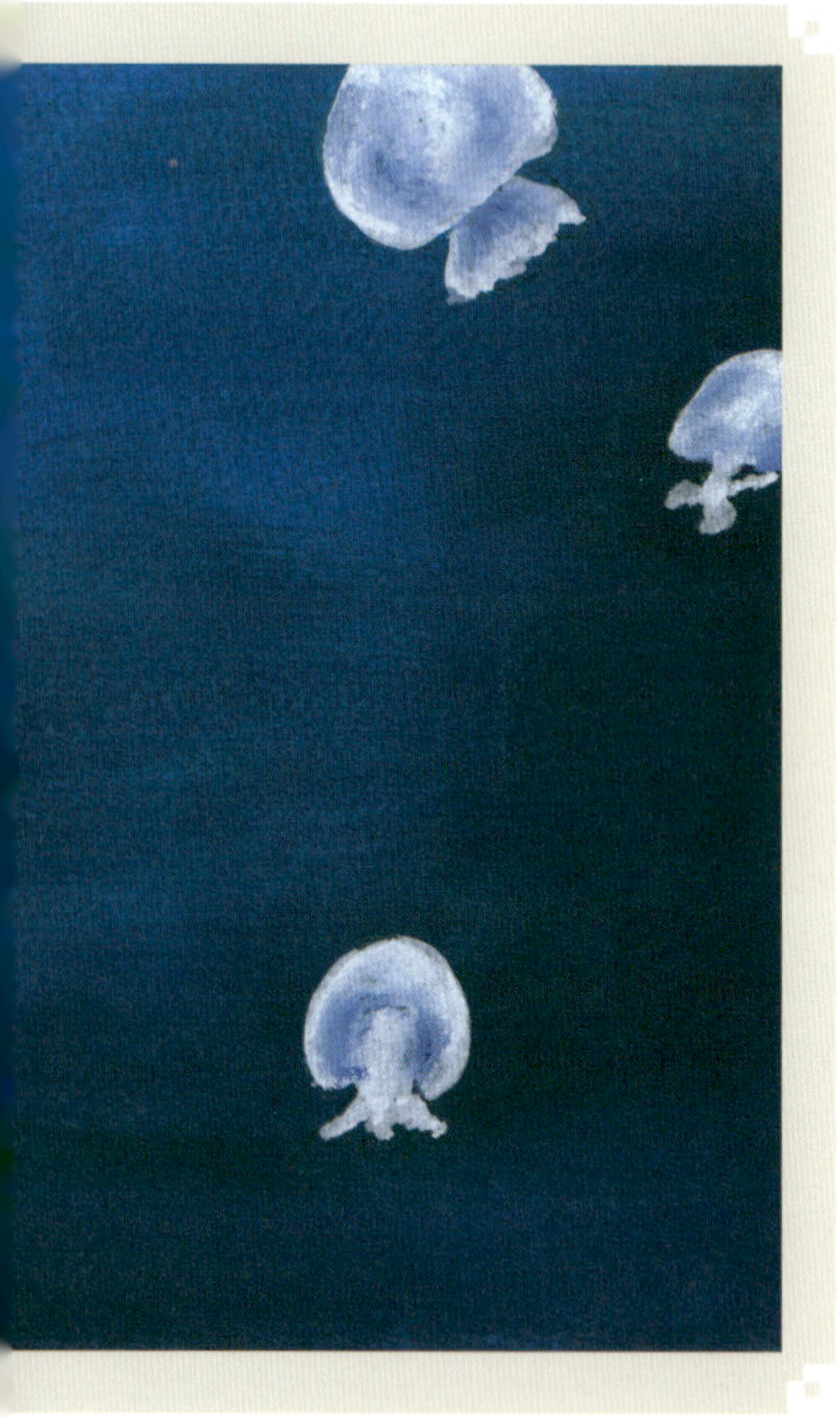

静けさ広がる深い海の底。
ここでは大きい命も小さい命も、　ともに生かされている喜びを味わいながら、
体を自由に動かしています。
自分の体が自由に動くことに大きな喜びを感じ、
その喜びを水を通して伝え合っています。

自分の世界は一つの教室のようなものです。
自分の中にたくさんの生徒がいます。
あなたはその生徒を育てる先生です。

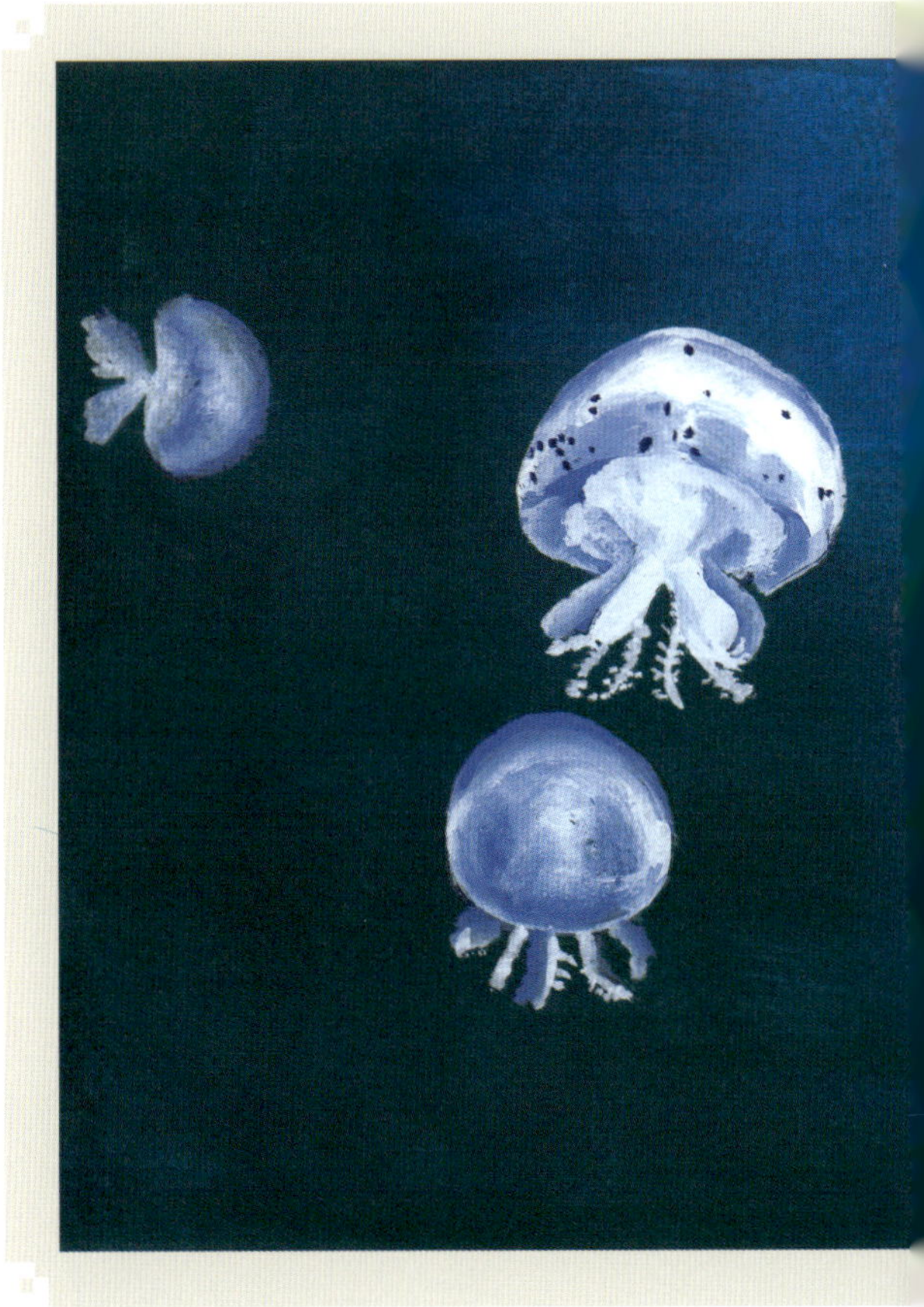

辛くてたまらない時は、何にむかってでもいい、
手を合わせます。
感謝の言葉を伝えてみます。

受けた親切や友情が
私の心の中で生きて
力を与えてくれています。
それは、私を大きくしてくれています。
私は感謝を込めて、その力を
はっきりあらわしていきます。

今この一瞬をいきいきと生きるとき、未来は輝く

馬は、自由に野原を走り回っています。
のびのびとした自由を、
あなたはいつ味わいますか？

あなたのこころは、
どこに向いているでしょうか。
都会の雑踏のなかでも、
実際は行けなかったとしても、

太陽が湖に照らされ輝いているさまに、
輝きをうつす湖の静けさに、
思いをめぐらせてみませんか。

あなたの心ものびのびと、
馬が走るような勢いを持つかもしれません。

あなたがどこに目を向けても、
美しいものがあなたの心に舞い降りてくるでしょう。

いき

一つ　呼吸を止めてみる
十　　呼吸を止めてみる
三十　呼吸を止めてみる
それから
一つ　大きく息をする
息を吸ったり吐いたりしたあとの
心のおおらかさ
このおおらかさが
一人ひとりの人間としての
おおもとだ

会う人ごとに祝福をおくってみましょう。
一日のうちのひとときでも。

当たり前のことに感謝し始めると、
感謝は果てしなく湧き起こります。
あなたの人生も、それにつれて大きくなっていきます。

過去は知恵の宝庫です。
その時がきたらその知恵を使います。
その時が来るまで、今を生きることです。

「すみません」
と言いそうになったら。
息をゆっくり吸い、
ゆっくり吐いて、
深い心で「ありがとう」と言う。
すると、
大空を飛んでいるような世界が
ひらけますよ。

夕暮れに丘に上がった二艘の舟は、
静かに今日の一日を懐古して、話し合っています。
色々なことがあった一日だったけれど、
今日一日、無事に波を越えて、岸辺につきました。

舟人が家に帰って行った後、空になった舟たちは静かに自分たちの仕事を
振り返り、自分の仕事をやり遂げたことに深い安堵を感じています。
「今日もいい一日だったね」と、
無事に終わった一日に感謝しながら振り返り、
二人で語り合っていると温かい気持ちが湧き起こってきます。

祝福するかのように、
夕焼けの空は、ますます二艘の舟を包んでいきます。
綺麗な夕焼けの光に照らされた舟は、また明日への希望を新たにし、
どんな荒い波にも耐えていく小舟の強さを改めて思うのです。

つらいときは
じっと胸の痛みを感じ取ろう。
悲しいときは
じっと胸の中を流れる
涙とともにいよう。
怒りにもえさかるときは
からだじゅうが焼けてしまわないよう
怒りをおいたまま
外へ出て、大股で歩き続けよう。
怒りは
放りっぱなしにすると
自分で姿を消してしまう。
そして「さわやかさ」が心を占める。

ここで、ひとやすみ。
目指す地は、空を眺めて一安心する場所。
素朴だけれども深く安心できて、
心安らぎ、
回復する場所。

目的地は、
お金や豪華さや人目に触れるものではなく、
ただ、
「自分はそこにいていいんだ」
「自分自身であっていいんだ」という、
深い安心感を感じて、
また帰っていく場所。

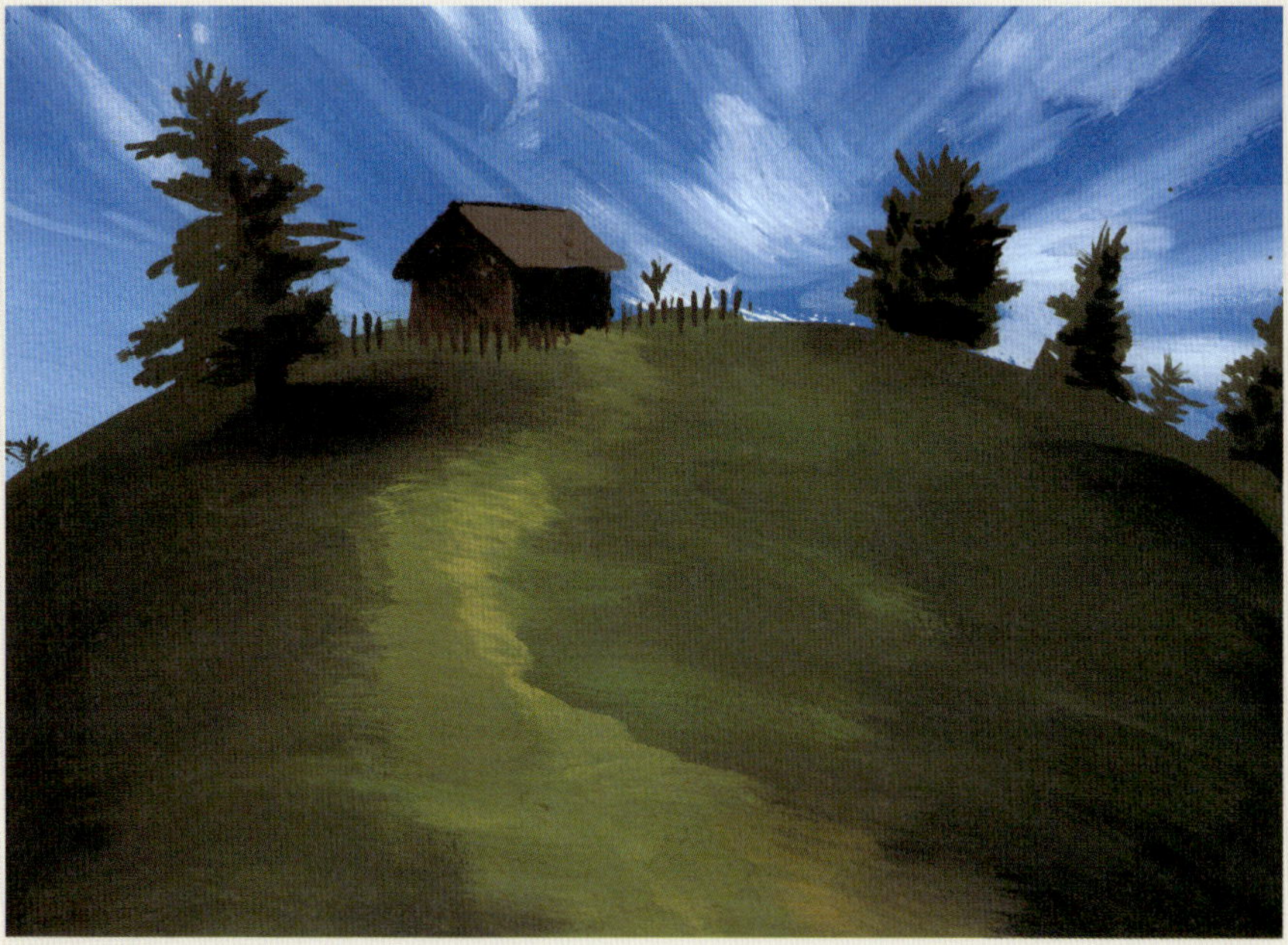

二人の旅人が海辺を歩いていました。
若い人が疲れ果てて動けなくなり、しゃがんでしまいました。動かない若者を背負って、男（イエス）はずっとその浜を歩いていきました。
かなり先になって、「もう自分で歩ける」と若者は言い、また二人で歩き続けます。

丘にたどり着き、ふと浜辺を見下ろすと、二人の足跡が、ずっと先まで残っていました。

若者は言いました。

「ああ、僕が疲れ果てて動けなくなったとき、あなたは僕を見捨ててどこかへ行ってしまったんですね。僕はやっとのことで、ここへたどり着いた。

そんな僕の後を、あなたは追いかけてきたのですね」

黙って若者の顔を見ていた男が言いました。

「よく足跡を見てごらん。あなたが動けなくなってしまったとき、そこから一つの足跡になっている。その足跡は二人で歩いているときと、どちらが深く食い込んでいるかね」

『もう動けない』と言って一歩も動こうとしなかったから、君を背負って歩いたんだ。だからあんなに深く食い込んでいる。そして君が降りたときから、また軽やかな足跡が二つ並んでいる。

二人で一歩も離れず、ここまでたどり着いたんだよ」


（伝えられ続けた民話）

神さまに心をあげよう
いつでも　どんな時でも
神様は　あなたのかすかな心の叫びに
大きな心で　こたえてくれる

知らないうちに
誰かの役に立っていることこそ、
大きな喜びです。

あなたにできる最大の貢献は……

さあ、準備が整いました。
どうぞ私を食べてください。

自分の全てを差し出している今、
きのこは一番美しく輝いている。
全ての可能性を広げ、
誰かに食べられるために
自分のすべてを差し出している。

目立たないけれど、
誰も摘んでくれないかもしれないけれど、
それでも精いっぱいの自分の良さを発揮し、美味しくなって、
差し出す準備をしている。

ちいさなことでも人のために行動するとき、
人は心に喜びが満たされるという。
きのこもきっと今、そういう喜びを味わっているのでしょう。

小さなことに感謝し続ける人は
心が愛で満たされる。

生きるとは
喜び、楽しむことです。
あなたは「幸せ発信地」です。

## 調和の静けさ

調和が取れているとは、すごく幸せな状態。
あるがままの自分でいる時、
バランスを生きるようになる。

バランスから大きなエネルギーが生まれたり、
バランスが整うが故に、静けさが溢れたりもする。

調和とバランス。
調和していると冒険したくなる、
冒険していると調和したくなる。
ほらね、やっぱりバランスを取っている。

私は孤独ではありません。
いつも私を愛しぬいてくださる方が、
共にいてくださいます。

八木重吉が詩に託したように、
わたくしも心に言ってみましょう。
「心よ、遊びに行っておいで。
存分に楽しんだら、また帰っておいで」

お互いが深い理解で結ばれるためには、
それぞれが深い想いを伝える力と、
相手から伝わってくるものを読み取る力を
育てることです。

死ぬまで夢を持つことができます。
その夢を今実現していくのです。

# 冬のベンチ

春が近づいてきたら
この私の雪をみんな払ってね、
雪の消えた世界で希望を語り合いましょう。

寂しくなんてないよ。
恋人たちが、
仲間たちが、
老夫婦が、
希望を語り合う
その時を、 心待ちにしている。

道ですれ違った
赤ちゃんが
ほほえんでくれた。
ぱっと心が明るくなった。
いつのまにか
神様の大きな愛に
感謝している私がいた。

まわりが暗いときは、
その暗さと同じほど
明るくふるまいます。

大宇宙は、あなたの味方です。

一本の木も草も、小さな虫も、
あなたは気にも止めないかもしれないけれど、
みんな、あなたの味方として生きている。
大宇宙の中に、すべてがあるのです。

目に見えるものを突き抜けて、
心の目で見えるものをつかみます。

「ハレの日」には思いきっておしゃれをし
ごちそうをいただきましょう。仲間と一緒に。
生きることの意味がわかってきます。

## よろこび

よろこびと感謝が手を繋いで溢れ出しています。
思い出してみてください。
あなたはそんな瞬間を、いつ体験したでしょうか？

居心地のよいことこそ、人の幸せです。

生きる達人

それは

「ありがとう」と

心を込めて　言える人

あなたは愛されています。
導かれています。
生かされています。

大宇宙は愛と感謝に満ちています。

シスター　鈴木秀子

## 著者略歴

# 鈴木秀子（すずき・ひでこ）

東京大学人文科学研究科博士課程修了。文学博士。

フランス、イタリアに留学。ハワイ大学、スタンフォード大学で教鞭をとる。

聖心女子大学教授（日本近代文学）を経て、国際コミュニオン学会名誉会長。

聖心女子大学キリスト教文化研究所研究員・聖心会会員。文学療法、ゲシュタルト・セラピー。

日本にはじめてエニアグラムを紹介。

全国および海外からの招聘、要望に応えて、「人生の意味」を聴衆とともに考える講演会、ワークショップで、さまざまな指導に当たっている。

組　版　本庄由香里（GALLAP）
装　幀　クリエイティブ・コンセプト
校　正　高木信子

# 大宇宙はあなたの味方

2025年 3 月 20 日　第 1 刷発行

著　者　鈴木秀子
絵　棚橋志帆
発行人　上村雅代
発行所　株式会社英智舎
〒 160-0022
東京都新宿区新宿2丁目12番13号2階
電話 03 (6303) 1641　FAX 03 (6303) 1643
ホームページ https://eichisha.co.jp
発売元　星雲社（共同出版社・流通責任出版社）
印刷・製本　株式会社シナノパブリッシングプレス

在庫、落丁・乱丁については下記までご連絡ください。
03 (6303) 1641（英智舎代表）



ISBN 978-4-434-35545-5　C0092　130 × 188